ISBN 978-2-7002-2899-1 • ISSN 1142-8252

L'école d'Agathe

Texte de Pakita
Images de J.-P. Chabot

Sauvons le poney de Marie !

RAGEOT・ÉDITEUR

Vous connaissez Marie ?
C'est une super cavalière !

Marie a un poney à elle. Il s'appelle Palomino.

Ils sont nés tous les deux le même jour, mais ils n'ont pas la même maman ! (Je rigole !)

Dès que Marie a su marcher, elle est montée dessus ! C'est son papa qui la tenait, sinon elle serait tombée !

Il faut dire que ses parents ont un poney club avec :

- **des boxes,** ce sont des petites maisons pour les poneys.

- **un manège,** c'est comme une piste de cirque pour apprendre à monter.

- **une carrière,** c'est un grand terrain de sable pour s'entraîner.

Avec Palomino, Marie a gagné plein de compétitions. Ils doivent sauter par-dessus des **barrières** sans les faire tomber et être les plus rapides !

– Quand on gagne, c'est trop bien. Je reçois un **flot** et une coupe et Palomino une **plaque** ! On est une vraie équipe tous les deux ! On est les plus forts en **amour** et en obstacles ! nous racontait souvent Marie.

Je dis « racontait », parce que maintenant c'est fini ! Pauvre Marie !

Un matin, elle est arrivée à l'école en pleurant.

On a tous pensé qu'elle avait perdu, et on lui a dit :

– Ce n'est pas grave, Marie ! Des fois on perd, tu gagneras la prochaine fois.

Mais Marie ne pleurait pas parce qu'elle avait perdu. Pas du tout ! Elle nous a expliqué que Palomino était très malade.

– Son **cœur** ne va pas bien. On ne pourra plus jamais faire de compétitions **ensemble.**

Alors Zoé lui a dit :

– Ne pleure plus Marie ! C'est toujours ton **ami** et vous irez encore vous promener tous les deux.

Là, Marie a éclaté en sanglots.

– Non, mes parents ne peuvent pas garder Palomino ! Il n'a plus le droit de porter d'enfants sur son dos et, au poney club, il n'y a pas d'endroit pour qu'il se repose !

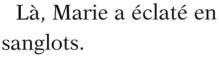

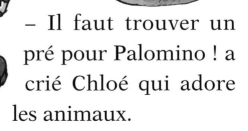

– Il faut trouver un pré pour Palomino ! a crié Chloé qui adore les animaux.

– Oui ! Et toute la classe s'occupera de lui ! j'ai ajouté.

– On lui donnera **à manger**, **à boire,** on **le caressera** ! a continué Audrey.

Tout le monde a applaudi et Tom a crié :

– Je sais ! Il y a un pré à côté de la maison du directeur ! Vite, allons lui demander.

On a bien discuté avec la maîtresse et monsieur Lecornu. On était tous d'accord.

Puis les parents de Marie sont venus dans notre classe.

– Vous avez eu une idée merveilleuse, a déclaré sa maman. Merci. Nous étions très tristes pour **Marie** et **Palomino.** Mais, les enfants, êtes-vous sûrs de savoir vous occuper d'un animal comme lui ?

15

– Un poney demande beaucoup **d'attention,** a ajouté le papa de Marie. Il faudra en **prendre soin** chaque jour !

Alors la maîtresse a proposé :

– Je vous aiderai dans cette aventure. Nous écouterons les conseils de Marie, ses parents nous fourniront l'avoine, mais c'est **vous tous** qui serez **responsables** de Palomino.

Responsable, c'est un mot très important.

Je suis **responsable** de Palomino, ça veut dire que je dois penser à **tout** ce dont il a besoin et **tout** faire pour qu'il aille bien, **tous** les jours.

Pour ne rien oublier,

on a fait une grande liste avec la maîtresse. Et on l'a accrochée dans la classe.

Palomino

- Lui donner à manger,
- faire attention à ce qu'il ait toujours de l'eau fraîche,
- le brosser avec l'étrille,
- peigner son crin, sa queue, ses jambes,
- surveiller sa santé,
- le caresser et lui parler.

Tom Théo Coralie Emma
Paul Arthur Léa Léonard
Zoé AUDREY Agathe Aziz Alexandre Charlotte
Marion

Pour montrer qu'on était **responsables,** on a signé en bas de l'affiche.

Quand Palomino est arrivé, on lui a fait une **vraie fête** !

On avait mis des **guirlandes** en papier crépon autour des barrières. Et, sur son abri, on avait accroché ses **plaques** de concours pour qu'il se rappelle qu'il est un **champion.**

On lui a fait plein de câlins et Marie a accroché au mur son doudou pour qu'il sente son odeur.

Au début, c'était **super** ! On allait le voir trois fois par jour, on lui racontait des histoires, on le brossait, on lui donnait même à manger avec la main et Marie nous disait :

– Quand je parle à Palomino, il comprend tout ce que je lui dis et quand il me parle, je le comprends aussi.

Mais un matin, Marie a dit :

– Palomino est malheureux. Regardez, il a les oreilles qui tombent. C'est parce qu'il ne va pas bien. Je suis sûre que, dès qu'on part, il s'ennuie.

– Et si on lui fabriquait des jeux, a proposé Chloé qui avait lu des livres sur les poneys.

– Bonne idée !

En classe, on a fabriqué un obstacle pour qu'il puisse sauter et un mobile avec des bouteilles d'eau pour qu'il s'amuse à taper dedans.

Mais même avec nos jeux, Palomino s'ennuyait. Son poil ne brillait plus. Marie était triste pour lui.

– Il n'aime pas jouer tout seul. Sauter sans moi sur son dos, ça ne l'amuse pas. **Il a besoin d'un ami.**

Et c'est comme ça que la chèvre Blanchette est arrivée. C'est le papa de Lucas qui nous l'a donnée.

On a fait un **grand goûter.** Blanchette et Palomino ont même eu droit à un carré de **chocolat.**

Ils adorent ça.

Mais, très vite, les ennuis ont commencé.

Palomino maigrissait et ses oreilles restaient toujours en arrière.

Au lieu de jouer avec lui, Blanchette la chèvre mangeait les barrières. Elle les grignotait super vite.

Et un jour, on a retrouvé Blanchette toute seule dans le pré, **Palomino avait disparu !**

On a eu très peur !
On l'a cherché
partout.
Heureusement
les parents de
Marie ont téléphoné à l'école
pour dire qu'il était
revenu au poney club !

Mais on avait eu
tellement peur qu'on a
parlé à la maîtresse. Paul
a commencé :

– Maîtresse,
euh… on sait qu'on
a signé l'affiche
mais euh… c'est
un peu difficile
de s'occuper de
Palomino !

– Il a raison, a dit Marion. On est **très responsables.** On lui donne à manger, on le brosse, on lui parle…

– Oui, on n'oublie jamais de faire ce qu'il y a d'écrit sur notre affiche ! a ajouté Tom.

– Même qu'on n'a plus le temps de jouer ! a crié Mathieu.

Et là, Marie a expliqué :

– C'est vrai, maîtresse. On fait tout ce qu'on peut et pourtant Palomino est **malheureux**. Je ne sais plus comment m'y prendre pour qu'il aille bien, mais je ne veux pas l'abandonner !

Et elle a commencé à pleurer.

Alors la maîtresse nous a dit :

– Je vous comprends et j'ai une **bonne** nouvelle à vous annoncer. Tes parents, Marie, ont trouvé un pré à louer près du poney club. Palomino y habitera avec d'autres **amis poneys.** Tu le verras chaque jour et nous, nous irons lui dire bonjour de temps en temps.

On a crié : **Hourra !** et on est sortis jouer.

Oh là là ! Il est très tard, mais il faut que je vous raconte…

Depuis ce soir, Marie a un nouveau poney pour les concours ! Il s'appelle **Alezan.** Marie espère que **Palomino** et lui seront **copains** !

C'est super non ?

Allez, bonne nuit les amis et les poneys **!!!** Ron pschitt **!!!** Cataclop **!!!** Cataclop **!!!**

Achevé d'imprimer en France en mars 2007
par I. M. E. - 25110 Baume-les-Dames
Dépôt légal : avril 2007
N° d'édition : 4494